臧思佳 —— 著

摘一朵云送给你

黄河出版传媒集团
阳光出版社

图书在版编目（CIP）数据

摘一朵云送给你 / 臧思佳著. －－ 银川：阳光出版社，
2020.9
（阳光文库. 8090后诗系）
ISBN 978-7-5525-5557-8

Ⅰ. ①摘… Ⅱ. ①臧… Ⅲ. ①诗集－中国－当代
Ⅳ. ①I227

中国版本图书馆CIP数据核字(2020)第183865号

阳光文库·8090后诗系　　　　　　　　谭五昌　主编

摘一朵云送给你

臧思佳　著

责任编辑　丁丽萍
封面供图　海　男
装帧设计　晨　皓
责任印制　岳建宁

黄河出版传媒集团
阳光出版社　出版发行

出 版 人　薛文斌
地　　址　宁夏银川市北京东路139号出版大厦（750001）
网　　址　http://www.ygchbs.com
网上书店　http://shop129132959.taobao.com
电子信箱　yangguangchubanshe@163.com
邮购电话　0951-5014139
经　　销　全国新华书店
印刷装订　宁夏凤鸣彩印广告有限公司
印刷委托书号　（宁）0018803

开　　本　889 mm × 1194 mm　1/32
印　　张　6.25
字　　数　100千字
版　　次　2020年9月第1版
印　　次　2020年12月第1次印刷
书　　号　ISBN 978-7-5525-5557-8
定　　价　29.80元

编选说明

谭五昌

在中国当代诗歌发展史上，后起诗人群体的流派与文学史命名一直是一个饶有趣味的诗歌现象。自"朦胧诗群体"的流派命名在诗坛获得约定俗成的认可与流布以来，"第三代诗人"、"后朦胧诗群体"、"知识分子诗人"、"民间诗人"、"60后诗人"（也经常被称为"中间代诗人"）、"70后诗人"、"80后诗人"、"90后诗人"等诗歌群体的流派与代际命名，便陆续出现在人们的视野中。如果我们稍微探究一下，不难发现，在这些诗歌流派与代际命名的背后，体现出后起诗人试图摆脱前辈诗人"影响的焦虑"心态，又在更大程度上，体现了他们进入文学史的愿望。这反映出一个极为明显的事实：崛起于每一个历史时期的诗人群体往往会进行代际意义上的自我命名。20世纪80年代中期，以"朦胧诗群体"为假想敌的"第三代诗人"开创了当代诗人群体进行自我代际命名的先河，流风所及，则是21世纪初期70后诗人、80后诗人等青年诗人群体自我代际命名的仿效行为。90后诗人则是在进入21世纪诗歌的第二个十年后对于80后诗人这一代际命名的合乎逻辑的自然延续。

当下，这种以十年为一个独立时间单位所进行的诗歌群体代际命名现象，在诗坛上引起了激烈的争论与内在分歧。从诗学批评或学理层面来看，这种参照社会学概念，并以十年为一个断代的诗歌代际命名方法的确经不起推敲，因为这种做法的一个明显后果便是对当代诗歌史（文学史）研究与叙述的高度简化、武断与主观化。因而，我们对于当代诗歌群体的代际命名问题，应该持严谨的态度。不过，文学史层面的群体、流派与代际命名问题非常复杂，没有行之有效的科学命名方法，也很难达成共识。这足以说明文学史命名的艰难。更为常见的情况是，一个诗歌流派或诗人代际的命名（无论出自诗人之口还是批评家之口），往往是一种策略性的、权宜之计的命名，从中体现出命名的无奈性。如果遵循这种思路，我们便会发现，60后诗人、70后诗人、80后诗人、90后诗人这种诗歌代际命名，也存在其某种意义上的合理性。因为就整体而言，他们的诗歌创作传达出了不同的审美文化代际经验。简单说来，60后诗人骨子里对于宏大叙事与历史意识存在潜意识的集体认同，他们传达的是一种整体主义的审美文化经验。70后诗人则以叛逆、激进的写作姿态试图打破意识形态的束缚（最典型的是"下半身写作"现象），他们在历史认同与个体自由之间剧烈挣扎，极端混杂、矛盾的审美经验使得这一代诗人的写作处于某种过渡状态（当然，其中的少数佼佼者很好地实现了自己的文学抱负）。而80后诗人兴起于21世纪初的文化语境之中，他们这一代的写作则是建立在70后诗人扫除历史障碍的基础上，80后诗人的写作立场真正做到了个人化，他们在文本中可以自由展示自己的个性，没有任何历史包袱，能够在语言、形式与经验领域呈现自己的审美个性，给新世纪的中国新诗提供了充满生机的鲜活经验。继之而起的90后诗人继承了80后诗人历史的个人化的核心审美原则，并在语言形式与情感内容层面，表现出理论上更为自由、开放的可能性。

目前，80后诗人、90后诗人是新世纪中国新诗最为新锐的创作力量，而且这两拨诗人在诗学理念与审美风格上存在较多的交集（简单说来，90后诗人与80后诗人相比最为鲜明的一个特点是：90 后诗人的思想观念更为开放与多元，他们的写作受到新媒体的影响要更为深刻一些）。因而，从客观角度而言，80 后诗人、90 后诗人的诗歌写作颇具文学史价值与意义。

因此，阳光出版社推出《阳光文库·8090 后诗系》，体现了阳光出版社超前的文学史眼光与出版魄力，令人无比钦佩，其价值与意义不言而喻。

2020 年 6 月 25 日（端午节）凌晨 写于北京京师园

目 录

第二辑 十二点甜

第三辑 九朵月光

第二辑　十四片单眼皮雪花

CHAPTER 1

单眼皮雪花

再多一滴就太满了

他目光中的水分

在抬头时恰好能

接住一朵单眼皮雪花

并在风来前与她

惺惺相惜

再多一朵就太多了

一朵雪花里睡得下整个冬天

就像站岗的哨兵

整列入境火车的风声

都能装进他

一只右耳

动 词

当我写下寒冷、冰雪、荒凉
我忘了它们的读音
只有模样
当我写下坚守、寂寞、健壮
我忘了它们的词性
只有回响

在四十二号界碑前
内蒙古冬眠的草原上
我变成一个文盲
每一个名词、形容词、副词
在这里，都可以是挂满冰霜
而又晶莹欲滴的动词

揽一颗星入眠

从夜空的摇篮一骨碌跌落人间

这颗刚孵出来的星星

还站不稳毛茸茸的脚

偷偷睁一下眼

看看滑进了谁的臂弯

站岗的战士却视而不见

扛枪的手臂不肯多弯一点儿

他们只想等站完岗可以

揽这颗星入眠

听星星讲讲山那边

家乡的夜晚

冬，碎了

冬，在脖子上围成圈

你用血液里的春天把它掰成一片一片

像儿时隔岸观鱼

总想用目光剃掉成长痒痒的鳞片

一条冰冻的围脖

思想也变得脆弱起来

抵不过战士换岗时一声立正稍息

就和冬，一道

碎了一地

当落日从湄公河的桅杆上滚落

2011 年 10 月 5 日午，两艘中国商船在湄公河金三角水域遇袭，13 名中国船员全部遇难。

——题记

当落日从湄公河的桅杆上滚落

浪花被卷入又一个黑夜，永远不再回来

当我写下，湄公河惊涛拍岸的泪水

一行给了长江，一行给了黄河

谁能借一声大地嘶哑的嗓音？

把亲人的鲜血，和生命

带回八百里秦川，和五千年故园？

湄公河，打碎山色即为墨

瘦骨嶙峋的浪花，是前赴后继的标点

雄鹰的鸣叫，擦亮了一条河的前世今生

飞翔的翅膀，左翼煽动着大汉的千年明月

右翼却掩映着盛唐的山高水阔

一叶巡航的扁舟，端起故土的醇香

将湄公河的一朵浪花，一饮而尽

2011 年 10 月 5 日，十三位中国人

返照在罂粟花瓣上惨白的黄昏

夕照滴血，一地苍凉

湄公河，21 处激流和 23 处险滩铺成的礁林

一笔一画，都默写着冤死的亡魂

"犯我中华者，虽远必诛！"

湄公河，从未被虚拟，这样一条河

瞬间成为一支高浓度爱恨锻造的，离弦的箭镞

水的疼，我能听懂

水的脊背残留的弹孔我能看到

水从时间转身挣扎过来的疼，我能听懂

泪水决堤，在我体内这条伤心的河

要用多少飞雪才能把身体里的冤屈湮没

那些哭泣像岸边的椰树

不断用泪水将自己层层脱落

只留满头过季的思绪

摇落，满地伤痕

水，还在哭

哭疼了满江渔火，湄公河

这一次，它要用泪水把自己湮没

故乡：被一缕轻烟扯痛

只因燃了一缕轻烟

故乡就升腾到时光背面

一朵未开，一朵不在

虚构了前世，又掩映着今生

异乡的黄昏，落日的余晖

照亮了一颗孤寂的心

一个被明月压弯了腰的人

从前它怀抱着清月取暖

如今，它与明月执手相看，彻夜难眠……

时光的缝隙，月光仍在汩汩流淌

故乡：被一缕轻烟扯痛

依稀旧梦中，一行返乡的大雁，在霞光中

振翅而飞，照亮了恒久的河流

永世的今生，与故土——

打结的桥

一定有什么将澜沧江大桥打了个结
越使劲抻直，就把往昔的辛酸挤得越紧
我站在一河水做的历史书前，与你
四目相对

贫穷衔在乌鸦嘴里，喂养枝头
饥饿的苍茫
看商船从傣家的朝阳走向暮霭
却没有逃出异域夜的沼泽

一定有什么剪裁了阳光的形状
缝补，联合执法的燕尾破开雨丝
趁夜色织就的网
照耀遮天蔽日的两岸稻谷，飘香
让麦芒也学会齐心表决思想
尖锐的指尖消瘦
一声鹰鸣的嚣张

子弹飞得快过翅膀

我却仍能在一双蝶翼尖上

辨明山川水江

一定有什么不可掩饰又无法逃避

就像飞翔的影子

或是被长胖的绿色挤掉

或是把长高的春天，拦腰割断

重新分娩出一个和平的金秋

拔地而起的水

路过多少斜倚的丘陵

读过多少摊开的草原

才遇见这拔地而起的水

是为了看清影子

河把自己立起来

是为了走得更远

桅杆洗净乡愁

他举起右手，擦亮巡航的满天星斗

她双手合十，像合上水的眼皮

唇齿相依

咬紧牙关，唇知道齿的心事

所以才会在绞滩时更卖力气

包围一颗牙齿的力量

像握紧刚刚随军的时光

爱，扎进水心里

咬紧牙关，唇知道齿的心事

所以才在去民船走访时

用牙齿磨碎时光，填补

木板窄桥摇晃洒落的阳光

让你倾斜的疲惫逆流而上

咬紧牙关，唇知道齿的心事

左侧老挝，右侧缅甸，我长成一棵行走的树

迎着泰国的佛像，花香译成梵语成行

假装流浪也有禅修的模样

当商船的隔层里有粉末凝滞经文

每一根叶片齐刷刷指向根的方向

咬紧牙关，唇知道齿的心事

21 处激流和 23 处险滩铺成的礁林

练就了巡航船刀尖上的舞蹈

就像牙齿看见鸟鸣上场，看见诱惑留香

看不见儿子降生，看不见露珠忧伤

它们要赶在日出前上岗

就像我此刻站在巡航艇上，咬紧牙关

湄公河流成祖国，唇齿相依

唇亡齿寒

一株黑夜

岸上长出一株黑夜

我看见往事从泥土中复活

用沾满油污的手指在空中

一笔一画，默写枉死的亡魂

饿了，掰一块黑暗

渴了，舀一勺夜色

这高浓度的夜色灌醉了高脚杯

直到分不清星光和月华

一饮而下

溢出一朵水做的花

再溢，屈辱就满了

异乡的孤魂便不能逆流而上

除非这株黑夜仰天长啸出一眼枪口

直奔朝阳，打一个正义的黑洞

巡航艇

甲板总为前方称出重量

表盘总为前端指明方向

其实，刻度可以穿上河水的衣服，扮演一根

没有立场的指针

当时代左摇右晃前行时

随时刺破倾倒的那方天空

我们习惯了用眼睛诉说

不管是婴儿初生的啼哭

还是白骨回归大地的，那把火

却看不到女神忒弥斯蒙住双眼

才能遥望正义的目光

让奥林匹斯山上的每根草木

都能在暗夜里齐刷刷指向

右手表盘里指针利剑的锋芒

这利刃寒光把甲板托举的守望照亮

从此，一片落叶的飘落

也能精准称量出一个季节难言的哀伤

公平的阳光不会只将山一侧的脸庞照亮

岸逆流，水候场

鱼儿游到云朵上

流星不再割裂星空

河流不再割裂人群

贫穷不再割裂生命

国籍不再割裂梦想

阳光译成四国的光线拷问

每片胆战心惊的叶子

让表盘下的影子，无处躲藏

熟透的雪

北方的雪该成熟了

像青涩的芭蕉整根运到北方

雪熟透时

西双版纳的雨刚刚孕育胚芽

没有扫不到的雪

包括前生今世缝隙里的

在一根拐杖里脱胎换骨

夕阳背着一支高浓度的爱恨修剪的箭镞

已离弦

生命从一根针管始枯萎

那些不懂融化的雪

早晚会从迷茫的眼神里化出

一条汹涌的河，两行削尖的泪

水

水，本随遇而安

有时它藏在一片云朵驮起的阳光里

有时它藏进手心里翻滚的稻香

有时他们成群结队，在一根指尖的河流里流浪

一声雷鸣，让水草柔顺的长发

长出无数箭头，身残志坚

为岸指明了流动的方向

像母亲越长越长的白发

再一次孕育逆流回襁褓的我

没有水的东西

流不成沸腾的生命

像流尽血液的战士，只能用狐死首丘的姿态

守望母亲河的喷涌

于是

河床微微眨一下眼，就让

一条义无反顾的河，在经年累月之后

捧出新生的浪花

欢呼雀跃了每一位隔岸观火的捕鱼者

河的流向是水的命运

水的柔韧是血的性格

这一地赤水，用归根的落叶使自己受孕

分娩出一个红彤彤的春天

涌动东方

老人与河

小时候他害怕风刮来

那些暴戾的呵斥

一下子就把月亮吹灭了

小时候他害怕云飘来

一手遮天的黑衣人

一下子就像乌云抹净了月光

民如水，亦如土

一辈子踩在他们头顶

终于被他们压得再无出头之日

那个叫糯康的男子不会知道

他掳走的那个童话

由这艘白艇驮过还未老去的疼痛

还给岸边的老挝老人了

弥 补

老友走了

他把老友的泊位

用自己的货船弥补

假装看不到，河面被撕掉的那块皮肤

河水走了

他把降低的水位

用多装上船的货物弥补

假装听不到，水和岸生离死别的呜咽

儿子走了

他把空旷的驾驶室

擦亮玻璃多盛些干净的阳光弥补

假装能看清，哪艘巡航艇上的兵是儿子

昨天走了

他把今天捣碎堵进缝隙

再不够就割一块明天弥补

假装记不起，假装水都忘记

这个老船长一整个下午都在船尾

叼着烟斗，像咬住历史的鱼钩

并寻思着一旦掉落，拿什么弥补

笔直的弧度

兵钻进船舱，成为河

成为船，成为船在河心里激起的

细密心事

和千回百转的波纹弧度

越漾越瘦

肥了两岸

兵弯腰的角度总能契合

驾驶舱的操作杆

像两盘咬合紧密的齿轮

不知疲倦

兵也想把自己直起来

于是有限的岸上时间

你把军姿站得笔直

把话说得率直，把日子过得

坦直，像一道没有流过水的岸

品尝不到日子的咸味

于是兵弯腰钻回船舱

笔直有了弧度

河体温沸腾

折不弯的炊烟

村落没有翅膀

秋风收割羽毛和鸣叫

把一把把捆扎好的季节

晾晒到岸上

时间被浸湿

犁沟里，风翻土浪

种下迫不及待纵身入河的汗水

希望能多收割些不流汗的日子

或是长出金灿灿的玉米

这岁月的金黄，向天空一抛

便撒下不打补丁的花香鸟鸣

这样的故乡，炊烟钻出

梦乡，萦绕湄公河上

我的身体里起了一场大雾

从南方冬天回来的人

装不下一片雪花

温热的身体里起了一场大雾

隔夜的风已吹不动枕边风铃

像雾的乘虚而入，毫无戒备

这让我常想起一个画地图的兵

巨大噪音中铅笔画过纸面

把整艘船艇都画空了

我便盯住那笔尖

是期盼还是恐惧它穿过弯多道窄的河段

扎破我身体里的雾

那些不肯暴于阳光的心事

被逼上歹徒刀尖?

笔尖向我画来

一条鱼在湄公河的背面穿梭

澜沧江大桥替巡航艇上的钢板实现了晾干

自己的梦

我的心却紧了一下

这一笔是佛丢进水里的那颗珠

在前所未有的清晨里

在前所未有的清晨里

写着最后之诗

一张张搬运，像掀起阳光般，把长方形的钢板

运到时光背面

一次次搬运，环形的光阴在水面落下又弹起

湿润了下游的船歌

一箱箱搬运，盛装信念的行李啊，如今满载

四国平安而归

流水里的故事，流水为我们翻译

一次搬运，就让万千橡胶树长出胶碗的弧面

一次搬运，就让千米湄公河安睡成婴儿的模样

搬运，这个动词，在这个清晨有了形状

在西双版纳，风也锻造成巡航艇的模样

露珠反射的威严令蚊虫害怕

那就再热血沸腾些吧

谁也偷不走这片大地的体温

在前所未有的清晨里

在最后的诗行里

当朝阳从北极村的一朵雪花上升起

当朝阳从北极村的一朵雪花上升起

黑龙江的浪花从源头开始重新书写又一次轮回

这个雪花成熟的季节

要不要用一个隐喻

收割冰川熟透的虚拟

放到北极星上晾晒

放进边防一声哨音里测量

零下五十三度颤抖的倾角

还是为了不让月光冻僵

像战士们一样把柔软的心

放在黏稠的夜色里涤荡

百炼成钢

中国最北的夜色里

最浓的黑冻碎时光的伤

扯出心弦

织就成网

捞一轮太阳，升起在雪花上

和一条江相濡以沫

北极村和一条江相濡以沫

村让水有了呼吸

水把村的故事洗成浪花几朵

洗进一条江的心窝

潮湿的心思拧干了泪水

晾晒在时光岸上

苍穹之下，心生百舸

一座军营和一条江相濡以沫

石头被软磨硬泡成江的软骨

一声号子却能站成中流砥柱，把江站成

笔直的时代楷模

逆流蹉跎，兀自高歌

一面国旗和一条江相濡以沫

坚守，挂在零下五十三度冻不落的五星上

彼此诉说

埋在北极村与黑龙江的缝隙里书写

来生再当一次边防兵的运簿

一念千年，终流成一条江的因果

半阕江水千古情

这定是唐诗宋词里流出的

半阕江水

否则怎会雄浑得如此多情

连冰封都能捧出一列行走的树

假意从你身上一寸一寸长出的春天

还在昼夜穿行

这些巡边的战士把河走薄了

把时间都走旧了

把一轮落日的苍茫装进枪口里上膛

当一行诗从冰霜里昂头

便把北极星射落，满地

一心向北的衷肠

冬，冬眠的冬

被流淌过界碑的一声口令，滴醒

像一树飞雪煮沸满山歌声

在大兴安岭

一切量词都可以被辽阔弱化

就像一树春天煮着一壶莺鸣

撼动不了天平右边一朵雪花的心情

像身体里一场找不到出路的大雪

纷飞着，熬煮着

沸腾山坡上一座军营

溢满山谷的歌声

浇灌这些行走的绿意

很快结出比松塔还硬的坚定

白桦树，消瘦了心窝

不管是什么，放心里久了

都会变大

像一个深意的眼神

膨胀成一场春天都装不下的暗恋

白桦树种在心里，高过金秋

比云朵还高出一垄梯田

还在往人心里钻

直到在北极村，看见

白桦树，肥不过昨夜的一捧宠爱

满树干守望的眼睛，消瘦进

边防哨卡，一只生锈的铁锁

北极村：从你的身体穿过

当整个中国在我的南面

我以为我只是将你路过

像路过一阵风，和风里的传说

缝隙里顶多遗落些咸涩的光泽

直到我在车窗里，看见

疼痛逆流而过

才知已从你的身体穿过

而你，拆下满院篱笆

为我刮骨疗毒

剔掉春天的刺，时光的影

剔掉整面背北朝南的诱惑

然后才知道

是你，从我的身体穿肠而过

冷

天上的云朵，守着一浪一浪高过它的寒冷

这些凝固的冷，脸色煞白

对季节飘落的秘密三缄其口

对北风左摇右摆的教唆

它们前仆后继守住纯洁的底色

而桦子里劈裂的冷

是否真能分解冬的寂寞

而村口，探着脖子守望春日的警务室里

独自不停打着擒敌拳的战士

早已习惯了冷，并把军营里的雪花

训练成队列整齐的上等兵

红 妆

那年的小径未生皱纹

那年北风新娘凝脂如霜

那年快速瘦身的日历学习南飞的大雁

却免不了对村口的红旗一步三回头

这只每天逆风练习飞翔的翅膀

始终一身红妆

再多的挑唆都隔不断

它与旗杆下身影的守望

你许我半世烛光

我陪你一生站岗

寂寞的体重

一只鸟落在松树梢上
一动不动，想扮演一枚松塔
却长成了冬天手心里的一颗痣

再不动，冬就要反手把你压下来
像压住一个佯装安稳的思想
满天云朵都被降落在山巅

纹丝不动，鸟终于用寂寞的体重
平衡了树冷缩的天平
平衡了头顶五星与北斗七星的辉映

绿色的秘密

再多一棵就太满了

山的毛孔，在它醒时

恰好能呼吸出一朵春天

并在风来前

吐纳成云

再多一朵就太重了

一棵树柔软了一座山的骨骼

昨晚巡逻归来的战士

还把一个绿色的秘密藏进树洞里

走成一棵树

每一舀江水都似曾相识

我们曾打碎夕阳

又舀出稀释的黄昏

用江的体温安慰东北大地

震颤的小腹

这位黝黑的母亲，三十年前

烈火中分娩

晚霞凋落烫伤的疤痕至今

长不出春风

在林区走访

得先跟村民学走路

或是归雁，或是撒盐

杜鹃花会沿着你按摩的脚法带你到墓前

白桦树在自己的墓碑里轮回

光滑的树干挂不住闪电

你若走成一棵树，便能乘坐

压弯树梢的雷声

推开篱笆围成的院

那是母亲张开睫毛睁开眼

雪花琥珀

雪，往林区深处越下越深

把童话都湮没了

还在往记忆深处下

巡逻边境的战士

抖了抖落在肩膀上的鸟鸣

北极星碎落一地

温柔无声，夜的海拔

越来越低

低进白桦树根里

直到把雪花包裹成一块琥珀

戴在战士

贴近地的心

雪 季

白头的岁月步履蹒跚

如蜗牛碾弯春风

硬是把春天拖拽成鸟鸣里一个圆形的环

软脚的日子把季节困入年轮

把锄头铁锹的叮当作响，悬挂在涛声边缘

雪，把天上的云

都下空了

把江水都下满了

只有缝隙里钻出的一行绿意

仍在不停雕琢笨重冗长的雪季

他们要雕出一条赤道

通往北极村的百姓家里

等树梢挑起太阳

刻一只黑色的眼

在雪地里的白桦树上

盯紧，在树梢挑起太阳前

看雪的战士便能把它摘下，抱进怀里

用这枚还没冻僵的太阳

挨家挨户引燃，村里

还没抽芽的希望

高于流水

溪流里的积雪趾高气扬

种在故事之外的野兔

没什么比故事里的事故

更胆战心惊

钻过车轮的狼和兔子

必定殒命的是更易钻出的兔子

因为兔子一生跳跃

像一行诗在回车键前

容不下一个潜伏的标点

像他来到北极村前

身体里容不下一场大雪

这场大雪注定要下完今生再下来世

把村子掩埋在时光之外

把时光掩埋在寂寞之外

于是，他转身种下一只野兔

掩埋在故事之外

恰 好

云恰好衔住昨夜的雪

雪恰好握紧失散的风

我走到中国最北点，回头

你恰好背负满篓南归雁

你说我掌心的温度恰恰好

暖你扣动扳机的手指

我说你的帽徽恰恰好

照亮我走来北极的路

那年春天

一棵新芽恰好钻出冰层

她用哭声翻动你站岗的土地

你没有低头

你说平衡界碑稳固的程度恰恰好

渴望湿润

渴望湿润

渴望解冻一地支离破碎的语言

于是风声和鸟鸣首先爬上灶台

火焰湿润了

把风冻碎的裂缝粘牢

把鸟的嗓子洗得透亮

唱出一片湿润的花香

流淌在炊烟里

烧桦子过冬的战士

搓搓皲裂的手推开门

北极村吱嘎一声

从折页里湿润出一页春天

流淌冬的希望

给北极村战士的情书

请原谅我误入林区深处

如原谅一把铁锤把冬穿过

取出冰冷的结石，一口井

才能消化掉整个冬天

别等白云扭过头

就把我从白桦树干睁开的眼里

赶走，翠色欲滴的守候

等山色把自己打碎，裹进军装里打磨

春天还能否记得

写给边防战士的情书

那个夏天

那个夏天花香还没溢出眼窝

蝴蝶就已满额

那个夏天春水还没完全煮熟

你捧出满怀青涩的失落

那个夏天你说明天太远

还睡在对面山坡

却说誓言很近

踮起脚尖就能接住

几丝温热，从云端滑落

于是你趁热编织了一个故事

系在零下五十三度白桦树的前额

你说树干冻得惨白

需要你穿上军装扮演一株绿色

孤单的清风越走越褪色，我说

等着我

那个夏天，你指尖的云朵

冻落成山顶的积雪

一个夫妻警务室

在洛古河一朵雪花上停泊

桦子里的青春

小花一定记得

那年，几根桦子

喂养了整冬嗷嗷待哺的寒冷

如今战士们把白头的时光挂在电暖气上

冬眠的寒冷，脸色灰暗

再没有灶火前红彤彤跳跃的模样

青春都放在桦子里烧掉了

只留软脚的炊烟步履蹒跚

于是，烟起时

战士们迈百家门槛，走万顷林田

小花已长成大花

这只土狗对着灶膛抖抖满身长毛

像抖落被桦子照亮的旧时光

想你的时候

想山，想水

想雾霭抚过树梢

想回忆淘洗流年

想你的时候

他就从云端折下一片叶子

放牧思念

阳光立即收起凌厉的眼神

片片依偎进夜的翅膀

黑暗嗓音潮湿

羽翼渐丰

整座山的故事孕育进一只右眼

想你的时候

他瞄准靶心

把自己射向你身边

退伍后，他仍定居村庄十七年

再丰腴的夜

压不断一个战士

系在一块界碑上的心弦

驻村民警

他在院子里喊口令

篱笆墙漏出旧时光

一个人的口令

影子一步一动

震落一地青春

像是毫不知情

又像命中注定

他伸手把夕阳向下拽了拽

拉长的执念铺到村口

当你用热泪熬煮云朵

能留的，都留下了

指尖的温度给了最后一朵雪花

掌心的温度给警犬小黑冻伤的前爪

拥抱留给哨位上的守望

脉搏留在边境线上，铺远

陪巡逻的脚步重新出发

于是我轻语前行

不敢挥霍可留下的体温

这里，没有一度温暖不奢侈

只有这些边防战士

敢用所有的热泪熬煮云朵

把所有纠葛融化在心窝

他们撑起的夜，月光如瓷器

光滑，再冻不出裂痕

从北极村回来

我再不怕冷了

冬 水

冰冷的外表裹着火热的心

没谁比雪天下勤劳的战士

更懂凉水的内心

用不动声色的爱抚

扭转冷与暖之间的一念之差

当冷水在指尖由暖变凉

就是手离开水的时候

关闭水龙头

指导员又送走一届老兵

愿望的模样

愿望是有味道的

二中队的战士在春天播种各种想法

秋天就收获各种口味的愿望

南瓜味的、冬瓜味的、黄瓜味的……

他们的愿望在战友们的舌尖上安家

愿望是有颜色的

一中队的战士在话机和听筒间种上藤蔓

夏天就在电波里爬满整个墙面

棕的藤、绿的叶、紫的花……

他们的愿望在战友们的亲情电话里长大

愿望是什么模样

两个班的战士总是争论不下

他们都坚信

自己的心愿瓜和许愿树

才是心愿的哨卡

061

蚊 子

亲昵的表象下暗藏祸心

心直口快的蚊子做不了成功的间谍

亲吻的瞬间便难掩歹毒

发泄满心的怨怼

这些偷渡者哪里知道

糖衣和炮弹都撬不开的边境线

还怕它口中挑拨离间的细针?

战士们看都不看一眼

只用颗颗红点

羞红蚊子惭愧的脸

冬天的体重

一顶棉帽

保护住一个不动摇的思想

使不肯开化的想法

不至于冻僵

这样的保卫战在巡逻兵头上

天天打响

只有棉帽檐下调皮地探出

两根青春的触角

以春的纤细飞舞

让冬天在这个早晨

失去了体重

女友探兵

鸟儿把阳光啄得稀稀拉拉

兵的脸上却烤得火辣辣

腰杆笔直得站不稳一串鸟鸣

滑落在目光里

转动在翅膀规划的家

兵的脑袋里也有一双翅膀

不停扑腾着联系

如何停落在女友的长发

手里却握紧了记录簿

绝不能搞特殊化

等她来了也要登记检查

新兵联欢会

像一夜春雨后

齐刷刷疯长的绿苗

音乐的节奏如雨点急下

让兵们听得见自己拔节的声音

一场联欢会

把北疆搬到江南

热烈如春夏的舞台

一季能把春夏收割好几茬

炊事班长的秘密

新兵一下连

眼睛里就发了芽

好奇地张望每个犄角旮旯

好让自己的热情快把根扎

灶台上的半杯秘密

成了兵们最后解不开的疙瘩

到底是什么调料

让炊事班长看一眼

就能做出美味笑如花?

炊事班长把迷答

半杯清水一个家

荣誉就像半杯水

不增加，就蒸发

军 旗

左肩扛起星辰，右肩挑起地平线

双臂撑起

万家欢颜

以跨立的姿态站成夜的印章

站在哪里，就把脚底的平安

烙进熔岩

一层一层，削薄了黑夜

雕出地平线上万水千山

细碎的躯体，流成朝霞红满天

第二辑 ┆ 十二点甜

CHAPTER 2

给你的眼睛蘸一点甜

偷偷把甜点喂给电话线

哄骗铃声响起时把心意传给另一端

声音的模样会不会更柔软

让你看见就想含在眼睑

融化一口呼吸

醉倒你心坎

好想给你的眼睛蘸一点甜

这样你看着我的时候

我才能假装一块糖的爱恋

并用黏黏的声音把你缠进春天

泡泡糖

我想要眼前时，你许我未来

我想要未来时，你只想现在

幸福像一块泡泡糖

抻得越远越薄得透亮

看见背后的泪和忧伤

于是你把将来的日子都含在嘴里

我却担心你一张口

吹破一个圆满的幻象

棉花糖

小时候，我怕黑

一个人走在路上

每一步都像踩进更深的棉花糖里

有你之后，我不怕黑了

哪怕穿行在黑夜

因为没有比你的心更难拔出的陷阱

虽然我不断削尖自己，串成一串棉花糖

喂给你的时候

好像自己也尝到了小时候的甜

耳 蜗

有你，世界变得太小，我看不到

有你笑，雷声再大也听不到

有你抱，我缩到你纽扣上睡觉

你来，世界就来了

你走，世界都走了

我，是一个被挖空心肠的蜗牛壳

等你住进来

世界盘进耳蜗

就一下

只想梦你笑一下

就一下

梦里你看我一下

就一下

看我时眨一下眼

就一下

这样，明天我遇见你

就可以理直气壮当作回应，对你

笑一下

看一下

眨一下

骗自己一下

就一下

四眼井

一夜无眠

对视的两双眼

顶着四季常青的黑眼圈

不肯溢出一滴眼泪

这样的分寸他们拿捏得很准

除非被强行舀走一桶往事

另一方也会暗地里偷偷补上

谁也不想先干涸的情谊

你的手离开我的手以后

天空怀里的雪走了

阳光怀里的影子走了

裙摆怀里的溪水声走了

纽扣怀里撕裂的时间走了

手心怀里的指纹走了

纹路里曲折的爱情却落了下来

并把我扔进了这个迷宫

左边

右手放在左边

声音放在左边

记忆放在左边

左转，斜靠，抬头，微笑……

假装你还在左边

你走后

爱情一直留在左边

摘一朵云送给你

为了给你挑选一朵最美的云

我摘光了整片天空

包括那些跛脚的鸟鸣，折弯的日光，和

飘忽不定的爱情

我漂洗，晾晒

把每一块云悬挂在往事上风干

风吹着云

风吹着我

云不敢比风先吹出皱纹

我不敢先于天空流泪

多 云

所有的裂痕都被盖紧

云朵对天空如此

你对我如此

好像太阳的刺从没扎向大地

好像泪从没烫出疤

你从没伤过我

浪 花

惨白的花瓣

碎裂在你指尖

这最后的绽放

不能把你的脚步拉回一点

让你少留恋沙滩细碎的缠绵，以便

风雨里

活成你头顶的伞

凋零后

把血肉退成你身体里的盐

踩过全世界去看你

黄昏与夜晚距离多远

我用脚掌一寸一寸测量

像测量你看我的眼神

摔在凋零的桃叶上

比桃花满枝时凉上几度

像仔细测量岁月的耳郭

好织一张足够大的网

掩住谎言虚张声势的铃声

一张无座火车票

盛满溢出铁轨的爱意

你的故乡

爱上一个人的过往

爱上一个人的故乡

你在身旁，你是我的故乡

你不在，你的故乡长成爱情模样

多云是这座城市的性格

没有阳光普照便没有大雨滂沱

于是我爱上云朵

蒙住视线

便能跟随你的声音

上升，或者陨落

你在这，死生算什么？

你把异乡活成故乡

我把你的故乡活成向往

距 离

你觉得我很远时其实我很近

你觉得我很近时其实我很远

我靠近你时，你说我把自己从你身边推远

我远离你时，你说这样两个人很近

仿佛我们之间隔着一根扁担

不管支点在哪里

想走好这段路，都得

磕磕绊绊

那 时

那时我身体里的桃树

还没有被剪枝

春天还没学会藏身花香的隐身术

一滴雨扛起一个季节

边奔跑，边把清亮亮的故事扯开嗓子唱

那时光阴还没有被想起

月亮还没有被命名

云朵追着春天跑

偷听到什么还不懂脸红

而我，还没学会

一个鼓励你开口的眼神

那些年，我写春天

追着桃花写羞红的心事

追着春水写不再重来的虚拟

追山，追云，追春风

追得春天四处流溢

不再完整，却还以为

因为爱，我写得到处都是春天

直到有一天

有个冬把我包围

并把轮回的密码

压进心底

我就站在那里，一动不动

等春天向我走来，第一次

花 祭

先开的是桃花还是梨花

已经不重要了

你走后

整个春天一起凋零

今年，我和效鼙的返青

一起祭拜不再轮回的昨春

风来，天冷

真正的春天只盛开一次

最美的花只疼痛一生

埋葬季节的人

后来的是他还是他

已经不重要了

和一朵花惺惺相惜

一朵盛开的花

无论从哪个角度看上去

都是美的

蝴蝶比我先懂得这个道理

提前把花的爱情采走了

我拾起一朵回忆

躲进它紧闭的蕊里

谁都发现不了

我和一朵花的

惺惺相惜

一群鱼在缝补流水

每一针脚都织得紧密

仿佛一场比赛

哪个绣娘织品出众就能立后封妃

而水似乎并不在意

水花撩起几下眼皮又合上

这样的努力在水心里不值一提

再细的鳞也缝不紧水，想流走的心

我一次又一次写到光

没什么能真正握在手里

比如前一秒的流水，后一天的爱人

还有一次又一次写到的光

我们从没有真正的遇见

每一次都是错过

就像看到光落在水面上时它早已路过

我爱着你时，你说春天已整个凋落

你关上森林的门

有光从你指缝间穿梭

那个中午，爱情回来了

那个正午蹬着陡峭的阳光逃跑了
湿滑的光线爱意饱满
大街小巷被捆扎在时间背上
离家出走。整座冬天被你搬空

全世界都逃进了你嘴里
你一开口，我的眼皮
就把世界碾成一条线
捻成
听筒，穿在你的声音里
缝补破裂的海面
和年久失修的涛声

思念的起点

我把思念的一端，粘在你脚下

你越走越远，它越拉越长

你走成我的痴怨和流年

它走成我的万水千山

总有一天，总有一天

它会长进你的双脚

铺成你走过的坦途和踯躅的遗憾

越过那些过得去和过不去的沟坎

绕回思念的另一端

绕在我心尖

区　别

情书和家信有什么分别
一个是用黏黏腻腻的情谊粘住你的手
把你拽进春天怀里
一个是用密密麻麻的针脚缝一件衣裳
把你裹进一颗心里

同样的一篮子文字
有的写成了脸上的两行泪滴
有的写成了回家的一串脚印
有的葬在树下，结出一背篓樱花血
有的煮进锅里，熬成交织生活的粥
有的被你看了又看，走时交给了秋风
有的你只看过一遍，却种出一片秋天
有的，写过，切心为墨
有的，说过，以你之歌

一个写成自传
一个写成传说

太阳和月亮

你爱笑脸

你只要太阳

我不爱忧伤

却选择月亮

你拥抱不到太阳

却说太阳好暖

你不屑月亮

却亲手制造创伤

太阳晒过的伤

你沐浴月光

缝隙爱情

一朵花开久了

春天会凋谢

我把自己藏进季节的缝隙

一半用来等待

一半用来怀念

唯有盛放的长度纤细如光线

每一个去爱的人都紧塞在爱人的牙缝

享受被牙签剔走前

胆战心惊的，片刻

唇齿之欢

装死兔

眼睛藏进毛毛里

假装看不见背叛

嘴巴藏进脑袋里

假装戳不穿谎言

爪子并拢

假装不被甩掉你松开的手

双脚抬高

假装不曾走过跟你的坎坷

耳朵低垂

假装锁住诺言就能等来你

一只兔子

用装死的姿态抢救爱情

飞雪扑火

雪花，救火

只为阻止一场飞蛾扑火

想扑火的飞蛾是阻止不了的

这个想法足以把飞蛾烤得

灰飞烟灭

扑向火，用爱人的手掌

作骨灰盒

雪花，只想救下不知情的火

降落伞还来不及打开

就从融化的身体里

滑落，死无

葬身之地

所有的耳朵都没有凋零

在你的城市

树木早早生出千万只耳朵

把全世界的情报

都传送给潜伏进大地的大脑

那些盘根错节的神经

用良好的过滤性筛掉

树皮上刻下的密密麻麻的爱情

所以树根没有褶皱

像你一样平滑的身体，盛不下爱情

只会在夜里扒住相濡以沫的泥土

树，从未这样用力抱紧过一个人

土地因此相信

所有的耳朵都没有凋零

回 答

小时候，总找春天在哪里
通往春天的距离
在一首儿歌的时间里

长大后，总想未来在哪里
未来的厚度
在地铁越挤越薄的空气里

再后来，总问你一个问题
天堂和地狱的距离
在你一个眼神里

江，疼得再流不出一滴眼泪

江，疼得再流不出一滴眼泪

只剩呜咽无声

山，老得再撒不动绿色的情书

只剩回忆迷蒙

岸，倦得再驮不走背负的悲欢离合

只剩半壁残生

夜，瘦得再握不住被阳光刺破的诺言

只剩前世叮咛

我，满得再装下不一滴月色的偷袭

只剩你的唇形

护城河追着一块云朵

护城河与云朵本就是双胞胎

当我在河边流泪，流着护城河

河闯入我的身体

像睡进一块云朵

把天的模具贴紧河面

给流水做一次剪枝

然后静卧它身侧

看浪花开出一朵云的馨香或者落寞

就像等一场久别后

演练多次的诉说

一捧土的爱情

当你碾过我的身体

我却爱上你

作为一捧土生土长的土

一次抬举，足以感动得誓死相随

于是榨出支离破碎的骨髓与眼泪

借一根闪电把自己搅拌成泥

这样就可以紧紧粘住你脚底

你前行的频率打着我死亡的节拍

就算你从不肯低头

望望卑微在鞋底的爱情

轮回的牢

峰走后

树把自己拔成了峰的高度

还以为再剪掉挂在身上的几缕阳光

再削薄树梢的颅骨

还能往云里扎得更深

却不知这团棉花，是天对地的软磨硬泡

再有力的重拳都会被稀释掉

何况树心早已被峰的灵魂一圈圈缠绕

活成峰的模样

终究走不出轮回的牢

山的爱情观

山以为把云掰开

就会有爱情抢着往下掉

守望和守望不一样

有的长成山的背鳍

云海里犁出后悔的通道

保全，山的逍遥

有的俯首帖耳躲进山腰

缺钙的枝条里伸展的情谊

比一片鳞还薄

游在江里的山很少思考

树和树的差别

反正总会有新的云朵迷路

挂在树梢

哪管树根扎进石头，还是

惦记着被云夹带私逃

你的海

烟台的海风被一夜偷走
不像我用十二年才被你噬空

空下来的海恢复成你的模样
我却拾不起画你眉眼的汽笛
记忆如此安静
鸟鸣还没有被风吹散
挂在梧桐树上，还没有
被啄得泪迹斑斑
你的气息还没交付时间
好像我一睁眼，你的电话
还能钓起对面的海岸线
好像只要我轻些，你的脚印
还能跟我的足迹相认
并跟它向家的方向，回还

好像你还在这里
不像我，已随你出走十二年

偏旁部首

向上，再向上一点
你让我给你暖腰时总弓着背这样说
我在背后专心服从
好像再努力一些就能当好一笔"捺"
与你躺成的"撇"撑成一个"人"字

其实我想爬到左边当"撇"
让你在右边摸着我的头遮风雨
就算没有家
也能往你心里写进一个"入"字

可我们终究无法写出一个人
也入不了那扇门

亲 人

当我在白纸上写下这两个字
一纸雪白也变得丰盈起来

饱满得挤掉了"后天"的前缀

从今天开始

父 女

我与你亲近，如是你亲生

你与我疏远，如长成父女

爱，晚上给你

白天给你山羊、牛奶和把它们剪碎后

揉成的云朵

给你海浪、沙滩和它们亲吻时碰撞的贝齿

给你翅膀驮起回忆

给你海天之间一览无余的白

只有爱，晚上给你

溪

你来了，这猝不及防的撕裂

河，碎成一片一片

每一片都暗潮涌动，亲吻碧波

每一片都高举渴望，湿润着干涸

你来吧，这猝不及防的降落

落一条瀑布，直抵天河

惊醒一条冬眠的小溪，吐出遮天蔽日的花朵

冲毁春天才能开花的诅咒

听洪水冲走河底淤积的痴怨，冲走

束缚逆流的预言，冲走云朵掉落的影子

冲走鹅卵石与岸的妥协，冲走

女巫牙缝间嚼不碎的传说

来冲刷吧，每一滴水都张开嘴巴

来冲刷吧，峰与溪的融合

哦，不

小溪已流成被你撕碎的江河

汹涌，清澈

伴着潺潺欢歌

以你之名

定是一条会喷火的蛇

吞吐着我的金戈铁马

把战马的嘶鸣也熔化成滚烫的花朵

流淌在时间垂涎的嘴边

滴落，滴落

灼烧的落寞

没有哪簇火焰不跌回出发的沼泽

饮下这团火热

揉搓破碎的渴望

散落，散落

一地空格

终 于

痉挛一下

就从身体里泵出一条江河

像从心脏里泵出血液和春天

春风开始在发丝上泛滥

在舌尖上泛滥，在毛孔里泛滥

在一滴泪里泛滥出一片海

终于把爱情所有伤口的缝隙填满

真好，我和你

终于在叶落之前一起陨落

稿纸覆盖大地，故事拥挤

这个春天，将无人评说

再爱你一遍

看一遍写给你的诗

就重新爱上你一遍

这样的夜晚

没有你的夜晚

我看一眼月亮

读一句诗

诗 人

明明只是掉了一片树叶

他以为秋天都碎了

明明只是过了一个秋天

他以为四季都走了

明明只是轮回了一个四季

他以为生命都空了

明明只是爱上一个人

他把全世界都丢了

一首诗的时间

我用一首诗的时间

把我们的今生前世演绎个遍

不分行的模式，和你不讲理的节奏

恰好吻合，就像

我在畅想明天时

你总牵着一根前世拉来的线

好证明今天发生的一切

都因昨天的渊源

可明天，明天

你闭口不提明天

就像一首诗的命运

可长，可短

你来读我的诗（之三）

有多少诗在你眼前

便有多少心酸

时光把不承认的故事，印在纸的背面

而你的手指已穿不过一页纸的厚度

那里住着训练有素的规矩心情

委屈，无奈，心酸，失望……

都被压缩成一个模样

当你的指尖阅兵一样划过它们的眉间

引燃的宇宙里，它们却什么都不敢

不敢抬头，怕忍不住从书中蹦到你面前

告诉你，它是你挖一锹黑夜种下的一季果香

不敢开口，怕煮沸一滴热泪烫伤你的怜惜

为配合你的片刻温存，它连沸腾都小心翼翼

一根手指将诗的性格拧直

那就让它在你指尖安家吧

因为它已走不回一本书的扉页

每页纸也回不到那棵桃树下，重新开花

生　命

之前一直在开始

一个春节

突然要准备结束

我好像还没过生命中间那一段呢

猝不及防

生命是一场漫长的

猝不及防

当我意识到时

已经感到慌张

说这话时

我不知道还有没有剩余的

一半时光

不断学习，不断成长，不断

变换着新裙子新衣裳

一切都像在准备一场

盛大的开场

舞台正中央长什么样，还没来得及想

落幕这个词

多么猝不及防

归 还

把雨归还给天

把云归还给空

把河流归还给大地

把花香归还给残缺的春天

把爱情归还给虚拟

把我归还回诗里

把我用过的一切意向，都归还回

词语原来的立场

它们跟随我出走太久

它们已经没了最初的模样

像我出走太久

弄丢的家乡

我还要把阳光归还给白天

把星星归还给夜晚

它们没义务为谁闪亮

那就把我那一瞬闪烁

从昨夜挖出来也归还了吧

如果我从这世间抢过，本不该

照耀我的光

准 备

一切恐慌

都是因为没有准备好

那天以后，我

开始为最后一天做准备

毛绒玩具放在哪

写作手稿放在哪

硬盘资料放在哪

我的棺椁够不够大？

能不能装得下？

可我始终没有准备好，也没想通

两件事

我把爱情放在哪？

我把自己放在哪？

遗爱书——第一章

七年前

我想给他们写《遗爱书》

没想到，第一章

写给自己

对一个没有继承人的生命来说

能留下来的

只有爱吧

床头的父女袋鼠

一对留给你，一对给我带走

梳妆台上的结婚熊

新娘留给你，新郎给我带走

我为你写过的诗集

一套留给你，一套给我带走

我们拍过的照片

一张留给你，一张给我带走

我们爱过的家

半生留给你，半生早已被你带走

至于只有一枚的戒指

你给我戴上无名指可好?

到那天，我要

穿婚纱

你知道我喜欢哪种

就像你知道，我最想把什么带走

拆 字

"想"

满眼的树木

遮不住心底的你

山的谎言

林覆盖了山的概念

山却毫无怨言

在它的石头心里

没有比树更柔软的盔甲

也没什么比隐藏真心更安全

云的本色

泼一层水墨

天空才记住太阳刺过的痛

我是纯白的云朵

一下子就被阳光掏空了心思

透明的影子太轻

注定沉不进你的心窝

一个新的诗意

你是一个新的诗意

系在隔岸观到的火焰里

我乘夜色为船

掬月影为桨

渡江去寻你

你在哪里，你在哪里

满江春色舀不动一朵雪花

挖开的隐喻

我要怎样驶向你

在我的诗行坎坷

词语颠簸里

在火焰的最后一下心跳

还落进我勇气的缝隙

长亭外

没说再见

没说别走

我回头

除了目光，再没什么能逆流

用什么代替挥手

凌厉的嘈杂中

我们刀上驻足，各自温柔

再收集踱来踱去的片片脚印

填补你走后

心豁开的缺口

没什么比一次送别

更能检验两颗心跳

最后一次回头的人

守在，秘密后头

你如此重要，像雾之于勐海茶

雾起时

勐海茶醒来

每一瓣叶片融化成风

用追逐的姿态紧紧包裹

勐海茶，长在天边

夜来时

我被茶浸软的身体里起了一场大雾

春天，一触即发

闪电渗漏了身体里的光

被紧紧捆扎

背在冰河身后

你一伸手

连成季节的引线

轰的一声

千支春风万箭齐发

那个荆条背来的清晨

你用自己灌溉满树雷声

而我刚好结出两腮桃红

第三辑 | 九朵月光

CHAPTER 3

桂花辞

微风起，每一朵花
都是啁啾的母语，乡愁的陷阱

此刻，我从树下打马而过
灵魂愈来愈轻，诗歌中
"却越来越多的痛苦
越来越少的悲悯……"

一匹马，最终在桂花丛中
马失前蹄，我担心这么多年的跋涉
并不比一朵花更懂得美，和坚持

低于流水

低于流水，低于涟漪，低于埃尘

低于慈母的唠叨、白发和泪滴

低于炊烟、乡音和寒衣

炊烟升起，白发翻飞，长歌当哭

一尾鱼，深陷于烟波浩渺的乡愁

尾随着高低不平的乡愁，频频回眸——

桂花落

这暗香盈袖的美，在半阕古词里
照看着瘦了又瘦的江山，和修辞

明月闲淡，清风来去
红尘喧嚣，而隐者无多
对于美，她始终有自己的坚持

这人间最后的精灵。落，或者不落
都深怀着忧伤，为诗歌掌灯

春山空

风如果再吹，山就空了

此刻，我在曲径中漫步，作为隐者
渴了汲桂花上的露珠为饮，饿了
以野果和松子充饥……

时光飞溅，万物静谧如谜
一朵迟开的花，在春风中
形单影只、形销骨立
再次在红尘中与我，互为支撑

你的心借我碎一夜

在一根月光的琴弦里，一梦千年

一滴未及解冻的泪，在你归来的路上
撩拨着相思的琴弦，就像你来时的小径
从未因一首小诗，而轻轻合上

"你的心借我碎一夜"，不求怒放
只用一刹，丈量千年愁肠

与一片月光协商

夜未央，秋风未及思量，就把相思
交付于月光，来丈量泪水，缝补花香

一诺千年在，相思不回头；这千年的契约
无论向何处投递，都不是远离
而是重聚；青山不解烟雨，流水误读风霜
一滴泪，在掌心冷了、碎了、化了
却仍有绕指香……

此情谁寄，锦书难托；与一片月光协商
千年的嘱托和期许，万勿再相互推让……

再多一滴就太满了

一滴残存的梦，在月光下摇曳，再多一滴
就太满了。每片胆战心惊的叶子
都踮起脚尖，泄露出一个季节的哀怨
她仿佛就要支撑不住心中的泪水，与忧伤
我祈求过往的风，轻点，再轻点
每一次轻轻地晃动，一颗心
便存在支离破碎的可能……

告诉迟来的归人，如果你不来
我已经秋风萧瑟、雪染双鬓
独自凭栏的泪水，与相思
如果再多一滴，就会顺着微风轻拂的草尖
在每一个清晨的枕畔，轻轻滚落下来……

吉隆藏布倒流进一根青稞芒里

一定有什么灌满长到岁月前头的青稞

喂养的一根芒，有了刺穿千年的力量

听那声音像风的修行

在吉普吊桥铺满前生今世的经幡上

像瀑布不加喘息的倾诉

在岩壁下寺庙里没能向松赞干布吐露的心思

她要一股脑的托出

连成片的水滴浇筑不分行的话语

挫伤整垄拔节的诗意

还在顺势而下

那声音要碾平所有生活的纹路

田园牧场的蹄印，男耕女织的节奏，石屋古

路上的祝祷

和吉普村口一条江支离破碎的鳞片

一定有什么清空了一棵青稞的思想

让整条回心转意的吉隆藏布

倒流进一根削尖了嗓子的芒

站在孔唐拉姆山顶望雪山

你长发过腰，所以情丝纠葛，相思漫长

所以等得两鬓白霜

还要等

还要发尾生根滋养出虫草和枸杞，秃鹫和苍鹰

还要刮九絮云朵缝一床被子

并每天弓腰烘晒

脊椎的弧度越来越顺应流水

顺应山路，顺应耗了耳坠半生的重金耳环

顺应藏歌里一个转音

最终也将顺应风穿过身体的蛮横

和他离开时转身的角度

锋利如针

所以，你抱紧每一声寺钟与马鸣

每一次花香与凋零

终于感天动地

地，动的时候

你已震成峰

把西藏还原进一头牦牛里

拆解一头牦牛，不如说

把西藏还原进一头牦牛里

就像一碗酥油茶从早静放到晚

便可以固态点燃，流淌出白天吸收的阳光和经文

牦牛的油，把灯光还原成雪山的夜晚

马背上系挂的干奶酪重新化成奶酪和酸奶子

再化成牦牛奶流回牦牛体内

一段旅程便还原进牛腹

干奶酪喂养的旅人还原到草原

牛肉干把能量还原给叶片

还有扇扇门上饱满的祈愿

还原给牦牛骨头

还有高原的灵魂

还原给一只牦牛放空的眼

刚 好

鸟的嗓子被雪山打磨得刚好

阳光的线条被炉火煮得刚好

这时，酥油茶刚好沸腾

像唇齿间流转的经文

黏度刚好

喜马拉雅山脚，我们遇见了

刚好开口

却没发声

天黑，进山

涟漪漾上了谁的额头

春水也老了

山也老了

我从山松垮的骨髓里滑坡

这些老到骨子里的皱纹

被风剥去面具

露出深处包裹如新的初恋

一个眼神，就敏感得

浑身震颤

所以，我闭眼，摸黑

每当走进地震的大山

微 小

一定是那些微奢的首饰

微过地装扮了微羞的藏家少女

在格桑花眼里微美

这微微的嫉妒

被蝴蝶的翅膀微微鼓动

就膨胀了山的鼾声

山越睡越沉

压得大地透不过气来

稍微拱一下鼻子

就惊醒山河落荒而逃

这破碎一切的震颤如同整合一切的震颤

你有无数个重新高大的沟坎

却寻不回地面不肯随花摇曳的

微小笑脸

震区邮筒

骨折的邮筒

来不及被手术

便歪着肩斜着眼，等来了

一个一个也被碎石砸伤的心事

它们却对彼此缄口不言

仿佛把嘴闭严

就能把地震前的阳光衔到

山的另一边

这是高高在上的高原人

嵌进地缝里的呼吸

邮筒，昂起头

保守这个温暖的秘密

震区节日

酒瓶里落满星光

不知夜晚如何通过细口瓶溜进来

被晃得东倒西歪

在青稞酒的干渴里

在盘山路般悠长的音符里

上蹿下跳

就像举起夜色的那只手

是想摇走星辰

还是想震落被挤上云端的往事?

高原小站

没有羽毛还算不算翅膀

就像天空抓起一块云，一下子

干净地抹去小站旁的人群

连呼吸都没有留下痕迹

小站还算不算小站

颠覆一个概念

总在猝不及防时

比如铁轨

比如被大地撕裂的进站笛声

黑枸杞

黑枸杞自有它的倔强和神秘

无论从哪个角度拍照

它都隐藏黑的浓度

像刻意模糊的一组梵文密码

烈日下摇晃成佛

只接受虔诚赶来的朝拜者

谁也别想从照片里破解

粒粒经幡排列的秘密

或是喜马拉雅山脉完美的组合

我缩回采摘的手

不想搬下一块石头

引发一场地震

春 光

花天酒地

雪花开满天之后，青稞酒唤醒春泥

唤醒高原雪山顶沉闷的痕迹

醒着的山不安分起来

每天抽一片新绿

沿着盘山路规划春天

到三月，汇成一株扎根的树

这新建的桑青边境站

为冬眠的藏区提前带来春光

只有你

我去最接近天的地方忘你

却看见

只有你是太阳

别人都是阳光

我去最干净的夜下忘你

却看清

只有你是月亮

别人都是星星

我去最稀薄的空气里忘你

却嗅到

只有你是氧气

别人都是碳氢

我去最高的山峰上忘你

却摸到

只有你是孔唐拉姆

别人都是碎石

我到达了天堂

心却留在初遇你的地方

没有你，天堂成了地狱

有你的地狱，才是我的天堂

想回西藏晒一晒太阳

想回西藏

晒一晒太阳

肤浅的伪装被烤化

甜言蜜语淌了一地

来不及打捞就蒸发

骨髓里血色的爱情凝固

在透明的皮肤下开成格桑花

那样，你便来摘

那样，我好想回西藏

晒一晒太阳

风尘中叩拜信徒的铃铛

行走一生，踩着同一种声响

不管你要朝拜的方向

我只要在你怀里一样

回西藏，晒一晒太阳

山的爱情

一座山终于向另一座山迈出亲近的一步

山下的人哭了

鸟哭了，花朵哭了，山自己

也哭了

寸步难行的爱情就是这么伤人

煮 酒

煮热

把一壶酒

和一肚子酝酿已久的思想

明明是两个人的勾当

却把酒牵扯进来

似乎一壶好酒和一把好壶

临时贴身的协议

就能平衡把握它们的人

和一饮而尽的关系

渡 桥

渡一座桥

和渡一条河有什么分别

木头心里转不开流水的九曲回肠

转不开两朵交错的漩涡

于是，你揉碎星光

洒满船渔火

让一根缘木融化成

流动的春色

渡桥，渡我

当我眼中有泪

一座桥也会波光粼粼

借诗还魂

月光的发丝如此锋利

一扫就将诗的身体一切为二

一段诗，背着另一段诗

在诗行里奔跑

在自己骨缝里奔跑

蹚过墨与泪奔跑

奔跑，再快一些

就能追上那个失恋的人出走的心，并

借诗还魂

魂，借诗出窍

玻 璃

看似赤裸

却又拒人千里之外

没什么比一片玻璃更懂得

拿捏季节呼吸的频率

除非把它束缚进规矩的框

就像隔窗相望的

两盆花

永远嗅不到对面

正方形的春天

勇 气

要有多大的勇气

江才把自己活成海的样子

深蓝色的表情，掩饰

你来时的烈火，走时的雪落

和来去之间水上浅淡的脚步

波光交错，是撕碎的

闪电捆扎好藏在身后

于是波浪学着谗言的样子

一次覆盖一个真相

天黑前

江，从不被卷进雷声里带走

雪 花

被天空甩下的有名无分的雪花

堕落中向云朵摇尾乞怜的雪花

宫斗风暴中不知残存几朵的雪花

明明身体流着血，还要穿起白舞衣翩跹的雪花

明明受孕却不能分娩，分娩却不许拥抱孩子的雪花

守候四季却一朝泡影的雪花

砍掉翅膀还被踩到脚下的雪花

人人喊打还被伤口撒盐的雪花

有多少苦命的女人

冬天，就飘多少雪花

雪

用身体当鼓槌

这些奋不顾身的雪花

惨白着脸

却要敲一曲飞蛾扑火的红火

鼓点铺成我心中的栈桥

泪光，以同样的节奏

雀跃而过

共振古老的思念

惊醒一苇橹杆的蛰伏

一根细针

将整夜温柔刺破

雪花新娘

寻找一片收留她的土地

并不容易

所以雪在降落前

狂飞乱舞

寻觅一个不再被吹走的归宿

只需一个吻

雪就成了大地的新娘

雪花睡成雪地

凋零漫天雪乡

不是每一只蝴蝶都亲吻大地

不是每一只蝴蝶都拈花惹草

当我与一只蝴蝶惺惺相惜

亲吻同一片大地

它靠转动翅膀为命运起承转合

让纹路里躲藏的谎言

响亮地暴露在阳光下

回声里前世的哀啼

装不进阴影里的城堡

风一吹，就碎成

身体里的断壁残垣

和那次扇动一起

亲吻同一片大地

每朵花都各怀心思

每朵花都各怀心思

所以

有的惨白了脸

有的涨红了心

一页春天

再不回头，目光就生锈了

凝滞的光钉不进大海

勉强把一朵云钉上天空

夜来前，将候鸟的鸣叫擦拭

干净，如眼间悠悠流淌的诺言

对望一次，春天打开一篇

春 芽

春芽是我那年的信仰

信仰是我那年的春芽

那年我和春天一起破土

拱在你痒痒的心头

迎春花明亮了你的眼

你说你一灌溉，我就开花

后来我长成你的一棵树

削尖脑袋为你发芽

你说要侵略春的领地

我用根盘住春的手脚帮你使诈

之后我衔来绿荫

使劲生长拥抱你的枝丫

我说看那片叶子好大

你说有什么好看的，到处芳华

春芽记得我的信仰

信仰记得我是春芽

无法流浪

横穿鸡颈

是版图上最近的连线

火车的铁齿铜牙

却一寸不落咬得咔咔作响

这样的咬牙切齿

像极了我不回头的远离

以为铁路一直通往远方

停下才发现

家乡像平行的另一根铁轨

一直不远不近

陪我铺出路的模样

一根铁轨

以树的心态扎根

注定无法流浪

满树人家

一季枯枝撑起满树人家

国界在诗意的水波里

跟江水一起摇醉

那迟归的渔民戴上斗笠

正好点亮岸上的木屋

和屋顶的一声乌啼

乌鸦的嗓子里盛过神坛，穿过红墙

年迈时裹紧一个家乡

无论飞向哪方

都是一棵枯树的模样

铁石心肠的树

撕破了脸

爱情的树枝才能从树心里喷薄而出

疯长的枝叶

很快抚平了当初的伤口

连夜晚挂在夜身上的泪痕

都在梦醒时被称赞为树的光彩

左面的树干似乎习惯了右面的付出

干脆一手不伸

这样冷峻的表情

暴露了一棵单面生叶的树的

铁石心肠

笔直的树干不肯为多付出的一方

做任何偏心

倒 影

天坑是高原的倒影

而水面在哪里

我得找到它，那里

一定平铺着我们的爱情

所有放不下的

最终都会在心底磨出孔洞

滋的一声扎出去，落到

云朵上，当我在西藏

当我强迫爱情克服缺氧

当我把高升的海拔走成你的模样

如今，你就倒映在眼前

树木挂在天坑里逆生成水草

醉氧的时光摇摇晃晃

当我伸手去拉住你

氤氲的眼界被敲出圈圈涟漪

而水面在哪里

而你在哪里

我该怎样找到它

我该怎样找回你

炊 烟

总有炊烟告诉你

最软不过老家的红砖青瓦

铺铺盖盖，就能暖醒一个儿时的童话

不管多少眼泪

裹进里面，一夜蒸发

贴一片给岁月的漏洞

严丝合缝得像露珠坐在草尖上

太阳还没升起，阳光还没接她出嫁

总有炊烟告诉我

最暖不过老家灯泡那十五瓦

从夕阳里切出来的一角昏黄

贴补了一家人的希望

灶膛窜的烟和锅盖冒的气在门框下编织

一缕青一缕白，拧在一起夺门而出

坐门墩的孩子仰望不到，青白

在后来去哪里寻找

没人告诉我

鼻子尽情闻炊烟的享受

那呛人的烟，在岁月狭长的气管走了二十年

居然酿造得如此芳香

把眼睛馋得口水直流

却再吃不到那漏洞的铝盆蒸的土豆

抱不紧漏掉的炊烟

和塞不回的乡愁

凤凰酒乡

一担凤凰城

一担古酒香

摇摇晃晃，行走在流年之上

踉跄之上

醉了千年愁肠

荡漾在鸭绿江，折叠的

悲欢之上

酒香

把凤凰山流淌成

柔软的伤

没什么不能在一盏酒杯中

融合或测量

不管是袅袅的炊烟

还是久别的故乡

飞鸟衔来的环江

环江县里，飞鸟总能看到

万字经文祝祷时的千张面孔

看到木面舞里龙袍蟒服驱散了忧愁

一根羽毛也能扫动千顷土地

一根指头也能耕出万两黄金

和百年传承

并把挂在篱笆尖上头茬的朝阳收割

养大全村的鸟鸣

也养大南木村的银器

装过分龙节，装进南瓜节，再装进

正月十五放鸟飞的传说

饱饮历史的银镯越发光亮

点燃干栏建筑里的毛南族人世传的薪火

骨娥妮扣紧的对襟衫里

蓝意最浓

飞鸟闻着开水涮牛肉的热情

一头扎进毛南人身体里的天空

牛粮之乡把鸟的嗓子喂粗

鸟鸣把衔来环江的诗意参透

以山为骨削尖的部首

秋风楚竹冷，夜雪巩梅春。

——杜甫《送孟十二仓曹赴东京选》

山河四塞，巩固不拔

西周坚石生就巩伯国山的性格

作一把东都锁钥扼住川的脉搏

紧锁两汉三国的烽火

淘洗这些星光，饮进腹中

喂活东魏北齐迷失方向的沟壑

跌进隋的怀里，一声乳名

巩县，唤醒血管里山的基因

孕育十九世纪末终于被春风割开眼皮的

万家灯火

巩，煅成你的骨骼

义，流淌你的眼波

孝义是千年生长的经络

传承千年的山风搅拌再踏征程的号角

裹紧每块岩石怀里的古老传说

和腹地挂在蒲公英头上的

喜乐欢歌

每一阵风都是山川的一次变革

整个时代向巩义吹来

款款微波

以水分行浇灌的检索

万里桥西一草堂，百花潭水即沧浪。

——杜甫《狂夫》

我湍急的乡愁

被鸿雁啄出几眼软脚的漩涡

从此，这无根的花朵盘旋到哪里

便把我吞吐到哪里

哪怕掉进一声鸣叫里深不可测

这样，我可以把南瑶湾村挂在岁月的雁尾

偷拔一根羽毛

前蘸界泗河为墨

背靠笔架山为枕

挥毫银河，也作狂夫乐

醉卧沧浪水，濯清这根羽毛上的因果

平衡一端千年诗意，和另一端

历史融化滴答的春色

后　记

　　这部诗集收录了我近年来创作的 150 首诗，分三辑"十四片单眼皮雪花""十二点甜"和"九朵月光"，分别代表十四年的军旅生涯，十二年血脉的后天亲人，九年至今的北京之路。此刻，我想从中"摘一朵云送给你"。

　　军旅经历为我的诗歌预设了绿色的过滤网层，让我的诗歌走出多年，仍保持最初的清新与纯净。军旅，像一座山，从山脚到山腰，再到山顶，我看到过不同的风景，如今站到另一座山上回望，才发现回不去的风景美到无法用十四年的时光测量。如今这部诗集中的第一辑"十四片单眼皮雪花"中包含了近年创作的五十余首军旅诗歌，这些诗歌多是我在各地军营采风期间创作，有的是在云南湄公河旁的水上支队，有的是在黑龙江的北极村漠河小镇，有的是在内蒙古满洲里的边境线上，有的是在鸭绿江边的边境深山山村里，有的是在西藏……不是最南端，就是最北点；不是最危险，就是最荒凉；不是酷暑，就是寒冬……那时候我在那里，那时候我在战友之中，因为有了那些地方、那些时候，我这一生战友遍天下。

感情是诗歌永恒的主题，它让诗歌有了感知，懂得疼痛，生长灵性，品尝滋味，这些酸甜苦辣咸将诗歌浸泡出属于自己的人生和模样。感恩我与诗美好的遇见，感恩其中的每一天，感恩有你。《北京文学》杨晓升主编曾言："臧思佳的诗，一如她的名字，藏着哲思，传着佳话，散发着少女般的纯真与浪漫。她的诗，更如其人，典雅、清新、俊美、轻灵，虽不乏羞涩，却亦奇思妙想、天马行空、纵横恣肆。"

北京，从 2011 年我第一次踏进鲁迅文学院时开始，长到如今已在我的生命里根深蒂固、枝繁叶茂。中国作家协会陈建功副主席曾点评我"绚烂的诗情似乎总令你难捕难捉，却又处处深藏魅惑"。于我而言，北京亦是如此。

这便是这部诗集，"从女性的角度切入世界，刃上带香"，"用孩子的天真招数对抗这个世界的喧嚣，也只有这一绝杀技，才是救治世界的唯一方式"。为了诗的纯净，"云不敢比风先吹出皱纹／我不敢先于天空流泪"。

为了你，"为了给你挑选一朵最美的云／我摘光了整片天空／包括那些跛脚的鸟鸣，折弯的日光，和／飘忽不定的爱情"。

臧思佳

二〇二〇年二月二十二日